Sobre a infância num Brasil de muito tempo atrás...

1ª Edição (Capa Comum)

Quando eu era criança
ISBN: 978-1-949363-21-0
LCCN: 2019912516

Texto de Ana Cristina Gluck e ilustração de Nathan Monção.
Revisão de Vero Verbo Serviços Edit. LTDA-ME.

Publicado pela ABC Multicultural LLC
P.O. Box 734, South Amboy, NJ, EUA

www.abcmulticultural.com

A sua opinião é muito importante para nós e para outros leitores. Por favor, avalie este livro na Amazon e nos ajude a divulgá-lo para outras pessoas. Agradecemos o seu apoio.

ESCRITO POR ANA CRISTINA GLUCK E ILUSTRADO POR NATHAN MONÇÃO

Quando eu era criança

ABC
multicultural

Quando eu era criança,
a gente brincava na rua quase todos os dias.
As festas eram celebradas com muita alegria!

Bicicletas cruzavam as ruas como furacão.

Não usávamos capacete nem proteção.

"Deus toma conta!" — as mães diziam ao perigo real.

Na época não havia aventura virtual.

Crianças pulavam corda e jogavam amarelinha.
Cantavam na roda e brincavam de casinha.

faziam comidinha bem no meio do quintal
enquanto as roupas eram tiradas do varal.

Também soltavam pipa ao chegar da escola.
Brincavam de bolinha de gude e jogavam bola.

Guiavam seus carrinhos de rolimã na maior velocidade!
Medo? Nenhum! Apenas a sensação de liberdade.

Meninos e meninas se juntavam para brincar.
Do esconde-esconde todos queriam participar.

Juntos também jogavam queimada, taco e peteca.
Vendavam os olhos e rodavam a pobre cabra-cega.

As festas de aniversário eram superlegais.
Salgadinhos e docinhos eram os sabores principais!
Tinha refrigerante, empada e pão de queijo...
mas o melhor de tudo era mesmo o brigadeiro!

No Carnaval, os blocos alegravam toda a gente.
Eles tocavam as marchinhas de antigamente.
Todos corriam às ruas para ouvir a batucada
e ver sambando e festejando toda a criançada!

Igrejas celebravam a Ressurreição de Cristo,
mas o domingo de Páscoa não era apenas isto.
Para as crianças, era o dia mais doce do ano.
O ovo de Páscoa foi uma boa invenção do ser humano.

Vestido de chita, trancinhas e um belo chapéu;
completam o cenário as bandeirinhas de papel!
As Festas Juninas eram uma celebração
em homenagem aos santos: Antônio, Pedro e João.

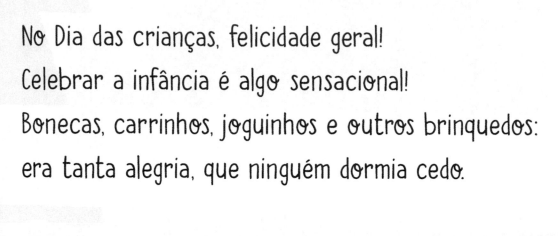

No Dia das crianças, felicidade geral!
Celebrar a infância é algo sensacional!
Bonecas, carrinhos, joguinhos e outros brinquedos:
era tanta alegria, que ninguém dormia cedo.

Família unida, presépio e árvore de Natal.
Papai Noel vinha alegrar a noite especial.

Na virada do ano, na praia ou no salão,
pessoas vestidas de branco pediam paz e união.

E foi assim a minha infância.
Estas são minhas lembranças
de quando eu era criança.

Ana Cristina Gluck descobriu o amor pela literatura infantil após se tornar mãe. Motivada por esse amor, ela fundou a editora ABC Multicultural nos Estados Unidos, país onde mora desde 1999. Depois de formada em Arte Comercial: Tecnologia Digital em Nova York, trabalhou como *designer* gráfica e, em seguida, como diretora de arte por muitos anos. Quando se cansou do ritmo da cidade grande, começou a escrever histórias para crianças. Ficou apaixonada e fez disso a sua nova profissão. A autora tem livros publicados mundialmente em várias línguas. Ana nasceu e cresceu em Belo Horizonte, Minas Gerais. Atualmente, mora no Arizona, Estados Unidos, com o marido, as duas filhas e cachorro, Benny. Sua missão é incentivar a leitura e o ensino de idiomas para crianças em todo o mundo.

Conheça os livros da autora no Instagram! @abc.multicultural

Nathan Monção nasceu no começo dos anos 1990 em Campo Grande, Mato Grosso do Sul. Sua paixão pelo desenho começou logo cedo, rabiscando sem parar seus personagens favoritos em cadernos, livros e até mesmo nas paredes da sua casa. Formado na área de Tecnologia da Informação, trabalhou com sistemas e *software* por um bom tempo até que, há alguns anos, a arte o alcançou e o puxou novamente para si. Deixou o emprego estável para se voltar totalmente à ilustração e à sua maravilhosa maneira de cativar o pensamento, as emoções e conectar as pessoas. Atualmente, trabalha como ilustrador de livros infantis e, graças ao poder da internet, tem o privilégio e a incrível oportunidade de colaborar com autores e editoras de vários lugares do mundo.

Conheça o trabalho do ilustrador no Instagram! @monsffect

Nossa história e nossa missão

A editora ABC Multicultural foi fundada em 2013, nos Estados Unidos. Atualmente, publicamos títulos em português, inglês, espanhol, francês, alemão e italiano. Nossos livros infantis são distribuídos e vendidos em vários países, nos formatos capa comum e eBook Kindle. Nossa missão é incentivar a leitura e o ensino de idiomas para crianças em todo o mundo.

Adquira nossos livros online

Em todo o mundo: Amazon

No Brasil: Amazon, Americanas, B2W, Carrefour, Estante Virtual, Magalu, Mercado Livre, Shoptime, Submarino e Via Varejo

Conecte-se conosco

@abc.multicultural

@abc.multicultural

@abcmulticultural

info@abcmulticultural.com

www.abcmulticultural.com

ABC Multicultural LLC, P.O. Box 734, South Amboy, NJ 08879, EUA

Made in the USA
Las Vegas, NV
11 June 2021